Les trois fils du fermier

Chantal de Marolles est née à Lyon pendant la guerre de 40. Après des études de russe aux langues orientales, elle choisit d'écrire des contes pour enfants qui ont été publiés chez Grasset Jeunesse, chez Fleurus, au Centurion et dans les magazines de Bayard Presse. Mariée et mère de quatre enfants, elle vit actuellement dans la banlieue parisienne et consacre ses loisirs à la peinture.

Claude et Denise Millet ont fait leurs études aux Arts décoratifs de Paris. Depuis, ils travaillent ensemble et font des illustrations pour la publicité, la presse et l'édition. Ils publient leurs ouvrages aux éditions Hachette, Gallimard, Centurion, et travaillent aussi régulièrement pour Bayard Presse.

ISBN 2.227.72113.8

Les trois fils du fermier

Une histoire écrite par Chantal de Marolles
illustrée par Claude et Denise Millet

BAYARD ÉDITIONS

Quand ses trois fils sont devenus grands, le père François se dit :

– Mes fils n'ont peut-être pas envie d'être fermiers comme moi. Il faut qu'ils trouvent eux-mêmes ce qu'ils ont envie de faire.

Aussitôt, il appelle Gaspard, l'aîné :
– Gaspard, écoute un peu !
Pour toi l'école, maintenant c'est fini.
Je te laisse un an pour courir le monde
et voir comment tu te débrouilles.

Gaspard crie :
– Hourra !
Un an de vacances, quelle chance,
je pars tout de suite !

Sa mère lui dit :
– Attends,
je t'ai fait deux sacs en bonne toile solide.
Dans l'un, j'ai mis une veste,
une chemise et des chaussettes
et dans l'autre, un gros pain,
du fromage et de la confiture.
Dans un an, quand tu reviendras,
tâche de me rapporter les deux sacs,
car ils m'ont coûté bien du travail.

Gaspard s'écrie :
– Oui, oui, au revoir, mes parents
et mes frères !

Et il s'en va tout de suite,
un sac sur l'épaule droite,
l'autre sur l'épaule gauche.
Jamais Gaspard ne s'est senti
aussi heureux, il lui semble
que les blés sont plus jaunes,
l'herbe plus verte
et le ciel plus bleu qu'avant.
Mais au bout de deux jours,
il a mangé toutes ses provisions.
Gaspard a faim. Alors il se dit :
– Bah, il fait chaud et on va vers l'été.
Je vais vendre ma veste
et acheter des gâteaux.

Pendant quinze jours,
Gaspard mange des choux à la crème.
Puis il vend la chemise,
les chaussettes et les sacs.
Et quand il a tout vendu,
il se décide à travailler,
mais pas dans les fermes
ni dans les champs,
oh là ! c'est bien trop fatigant.
Gaspard va dans les auberges*
et il chante à pleine voix
pour distraire* les clients.

*Ces mots sont expliqués page 45, n° 1 et n° 2.

Et comme il chante bien
et qu'il est gentil,
on l'invite à tous les mariages
et à toutes les fêtes.
Gaspard s'amuse tant
qu'il ne voit pas le temps passer.
Un jour, pourtant, Gaspard s'aperçoit
que sa chemise est trouée
comme de la dentelle
et qu'il ne reste à ses chaussettes
que quelques brins de laine.
Alors Gaspard se dit :
– Il est temps que je rentre à la maison,
d'ailleurs, ça va faire un an
que je suis parti.

Quand il arrive près de la ferme,
sa mère court à sa rencontre :
– Gaspard, mon pauvre petit,
comme tu es guenilleux* !
Et on t'a volé tes sacs
de bonne toile solide !

Gaspard éclate de rire :
– Mais non, voyons, maman,
c'est moi qui les ai vendus.

*Ce mot est expliqué page 46, n° 3.

Si vous saviez comme je me suis
bien amusé !
Partout on me demandait
de chanter des chansons.
Ecoutez ! J'en ai inventé une,
je vais vous la chanter.

Mais son père grogne :
– Tu chanteras plus tard,
pour l'instant, il y a le foin à rentrer.

Le soir, dans son lit,
le père François dit à sa femme :
– Notre Gaspard est sûrement
un bon chanteur,
ça ne lui plaît pas d'être fermier.
Demain,
c'est Gaston qui partira courir le monde,
on verra bien.

Quand sa mère lui remet aussi deux sacs,
Gaston les examine et il dit :
– Ils sont plus petits que ceux
que tu avais faits à Gaspard,
tu devrais m'en faire un troisième.

Sa mère soupire un peu,
mais elle lui fait un troisième sac.
Gaston s'étonne :
– Mais, il est vide, ce sac-là !
– Oh, Gaston !
Tu veux toujours avoir plus que les autres.
Enfin, tiens, voilà des noix.

Gaston s'en va aussitôt,
un sac sur l'épaule gauche,
un autre sur l'épaule droite
et le troisième pendu à son cou.

Avant d'arriver au village,
il cueille des bouquets de fleurs
et il tue des grives* avec son lance-pierres.
Ensuite, il les vend
et il s'achète un quatrième sac
pour ranger son argent.

*Ce mot est expliqué page 46, n° 4.

Après dix jours de route,
Gaston achète une brouette
qui lui sert à transporter
tous ses nouveaux sacs,
pleins à craquer de grives,
de tissus, de gâteaux, de jouets et d'outils.
Dès qu'il arrive dans un village,
toutes les femmes se précipitent vers lui :
– Avez-vous un dé ? Un livre ?
Des fourchettes ? Un balai ?

Hé oui ! bien sûr, Gaston a tout ça !

D'ailleurs, maintenant
il a toujours de tout,
dans ses vingt-cinq sacs
entassés dans sa carriole*
et dans les deux autres qui pendent
sur le ventre de son âne.
Gaston est tellement occupé
qu'il ne voit pas le temps passer.
Au bout d'un an, sans savoir comment,
il arrive devant la ferme de ses parents.

*Ce mot est expliqué page 47, n° 5.

Sa mère s'écrie :
– Mais c'est mon Gaston !
François, voilà ton fils qui revient !
Et regarde-moi tous ces sacs,
sûrement qu'il a dedans
la pelle dont tu avais besoin.

Gaston répond :
– Bien sûr, en voilà une, ça fera six sous.

Le père François grogne :
– Six sous ? C'est juste le prix du dîner
que tu vas manger ce soir ;
mais d'abord, viens m'aider
à traire* les vaches.

*Ce mot est expliqué page 47, n° 6.

Le soir, dans son lit,
le père François dit à sa femme :
– Notre Gaston est un bon marchand,
ça m'étonnerait que ça lui plaise
d'être fermier.
Demain,
c'est Gaétan qui partira courir le monde,
on verra bien.

Et le lendemain, Gaétan s'en va,
un sac sur l'épaule gauche,
l'autre sur l'épaule droite ;
il fait beau, et Gaétan siffle en marchant.
Il rencontre bientôt un fermier qui lui dit :
– Tu as bien de la chance, mon garçon,
d'avoir le temps de te promener.
Moi, je n'ai même pas le temps de déjeuner
parce que j'ai encore
tout ce champ à bêcher.

Gaétan répond :
– J'ai dans ce sac
de quoi manger pour deux,
on va partager,
ensuite je vous aiderai,
comme ça j'apprendrai.

Quand ils ont fini,
le fermier emmène Gaétan chez lui
et il remplit son sac vide
de pain et de jambon.

Gaétan reprend sa route
et, vers le soir, il entend appeler à l'aide.
C'est un vieux paysan
qui a glissé dans le fossé.
Aussitôt, Gaétan l'aide à en sortir
et il lui propose les vêtements
qu'il a dans son deuxième sac
en lui disant :
– Il faut vous changer,
sinon vous allez prendre froid.

Quand le paysan a changé de vêtements,
il dit à Gaétan :
– Si je tombe malade, ce n'est pas grave,
car je sais me soigner avec des herbes.
Si tu veux, je vais t'apprendre à les cueillir
et à les connaître,
et on remplira ton sac.

Et toutes les journées de Gaétan
se passent ainsi :
il donne et il reçoit,
il a donc toujours un sac vide
et un sac plein.

Il apprend tant de choses
que l'année est vite passée.
Bien sûr, quand il rentre chez lui,
il a un sac plein de petits cadeaux
pour tous.

Alors, le père François dit à sa femme :
– Ah, ma femme ! Que nous avons de la chance d'avoir ces trois fils-là :
Gaspard n'a jamais rien dans les mains
ni dans les poches,
mais il a des chansons plein le cœur
et ce sera un grand chanteur ;
Gaston est toujours très occupé,
ce n'est pas un fainéant
et il fera un bon marchand.
Quant à Gaétan, regarde,
il est comme la terre bien labourée,
prêt à recevoir et prêt à donner ;
ah, celui-là sera un vrai fermier !

LES MOTS DE L'HISTOIRE

1. Une **auberge** est une maison
où l'on peut manger et dormir
en payant comme dans un hôtel.

2. **Distraire**, c'est attirer l'attention
de quelqu'un sur autre chose
que ce qu'il est en train de faire.
S'il travaille, c'est gênant,
mais s'il s'ennuie, c'est plutôt amusant.

3. Les guenilles sont de vieux habits tout déchirés.
On appelle un **guenilleux** celui qui est habillé de guenilles.

4. La **grive** est un oiseau de la famille du merle.
Elle a des ailes marron et un ventre blanc avec des taches noires.

5. Une **carriole** est une petite charrette qui peut être recouverte d'un toit.

6. **Traire** une vache,
c'est tirer le lait de ses mamelles
que l'on appelle aussi des pis.
On peut traire à la main
ou à la machine.

Achevé d'imprimer par Ouest Impressions Oberthur - 35000 Rennes
Dépôt légal n° 10451 - Septembre 1990
Imprimé en France